Diseño original: Helena Homs

3er. premio por Diseño Editorial
Círculo de Creativos Argentinos 1993

Compaginación y armado: María L. de Chimondeguy

Impreso en la Argentina

Queda hecho el depósito
que previene la ley 11.723.
© 2001, Editorial Sudamericana S.A. ®
Humberto Iº 531, Buenos Aires.

www.edsudamericana.com.ar

ISBN 950-07-1989-4.

COLECCION

PAN · FLAUTA

Dirigida por
Canela
(Gigliola Zecchin de Duhalde)

## LA AUTORA

Olga Monkman, escritora, docente y tallerista, nació en el barrio de Flores, Buenos Aires.
Para los más chicos, publicó *Un rey sin corona, Dos perros y una abuela* (Lista de Honor ALIJA), *Juancho aprende a volar* y *Cuentos de Magia y Realidad* (Mención Premio Nacional de Literatura). Para los más grandes, entre otros, *El Faro de las Rocas, El diario de Adelina* (Faja de Honor de la SADE), *En el ojo del tornado* (Primer premio novela juvenil Marta Salotti) y *El Libro del Silencio* (Mención Premio Fantasía).
Quizá porque es curiosa, investiga mucho antes de escribir algunas de sus historias.
Cuando le preguntamos qué cosas le gustan más, pensó un rato y luego dijo: "Bailar con Facundo y contarle cuentos. Dibujar con Francesca y llevarla de paseo".
¿Quiénes serán?

## EL ILUSTRADOR

Feliciano G. Zecchin nació en Buenos Aires, en 1975. Estudió diseño gráfico y se dedicó a la creación de historietas y a la ilustración. Trabajó para la editorial Caliber de Estados Unidos, la revista *PC Computers* y el diario *La Nación*. En 1997 ganó el Primer Premio Eternauta al mejor comic del año por *4 segundos*. Para Editorial Sudamericana ilustró *Interland* y *Cartas de amor*. Cuando no dibuja toca el saxo, pero poco, porque casi siempre dibuja.

# GATOS

## Olga Monkman
Ilustraciones: Feliciano G. Zecchin

# EL GATO

*(Versión libre de una leyenda inglesa)*

No soy un animal cualquiera. Desde que puse mis cuatro patas sobre el planeta Tierra, lo tengo bien claro.

Fue hace un montón de años. Cuando el hombre vivía en cavernas, cazaba en los bosques y pescaba en los ríos.

En la cueva del hombre no había animales.

Después de mucho tiempo, el hombre se hizo dueño del fuego. Algunos dicen que una mujer frotó y frotó unos tronquitos (a lo mejor estaba jugando), y en eso, ¡zas!, brotó una chispa. Otros cuentan que un pájaro regaló al hombre brasas encendidas y por eso lo llamaron pájaro de fuego.

Pero yo conozco otra historia.

Sucedió una noche de tormenta. Todos los animales dormían en el bosque, yo estaba despierto. Lo vi caer. Un rayo que hizo desaparecer por un segundo la oscuridad y, en seguida, de las ramas secas nacieron llamaradas enormes. Fue lo más fantástico que vi en mis siete vidas.

Desde entonces, cada noche contemplábamos desde el bosque la caverna iluminada y nos preguntábamos por qué el hombre y la mujer se reunían alrededor del fuego.

El perro salvaje parecía el más preocupado.

–Voy a acercarme –dijo–, creo que debe ser algo bueno.

Y me invitó.

–Aquí, en el bosque, se está muy bien –le contesté con un bostezo.

–Entonces nunca más seremos amigos –se puso muy serio y partió.

Yo lo seguí desde lejos, escondiéndome entre los arbustos.

El perro salvaje se acercó a la mujer. Después de un largo silencio en que se miraron uno al otro, ella le ofreció una pata de carnero asada. Al perro pareció gustarle mucho y le pidió más.

–Ayuda a mi hombre a cazar durante el día y cuida mi caverna de noche –le contestó la mujer–. Tendrás toda la carne que puedas comer.

El perro nunca más volvió al bosque.

Entonces el caballo salvaje anunció:

—Iré a la caverna del hombre. Quiero saber qué pasó con el perro.

Él también me invitó. Le dije que estaba demasiado cansado y no acepté, pero lo seguí de lejos.

El caballo, creo que con un poco de miedo, se acercó a la mujer.

—¿Qué quieres?

—¿Dónde está el perro salvaje? —contestó el caballo con otra pregunta.

—Cazando con mi hombre —explicó la mujer, y le alcanzó un manojo de hierba fresca.

El caballo la devoró y pidió más.

—Agacha tu pescuezo, usarás un bozal y tendrás toda la hierba fresca que puedas comer.

El caballo nunca más volvió al bosque.

Después fue la vaca salvaje la que se arrimó a la caverna.

El hombre había salido de caza con su perro, montado en su caballo.

Y esta vez, a cambio de todo el pasto que quisiera, la vaca ofreció a la mujer toda la leche que tenía.

Nunca más volvió al bosque.

Los días que siguieron esperé pacientemente pero ningún otro animal se acercó a la caverna del hombre. Entonces decidí hacerlo yo, el gato.

Cuando llegué, el fuego estaba encendido, la mujer ordeñaba la vaca y se sentía olorcito a leche tibia.

—¿Qué quieres, gato salvaje? No necesito más

amigos ni sirvientes en mi caverna –dijo con voz burlona.

–Yo no soy un amigo ni un sirviente –le contesté fastidiado–, soy el gato, y deseo visitar tu caverna.

–Si eres un gato tan importante, vete y camina por el mundo.

Hice de cuenta que no la había oído y admiré su inteligencia y su hermosura. Era verdad y a ella le gustó.

–Algún día haremos un trato, gato. Ahora déjame trabajar.

Una noche, varias semanas después, el murciélago, que de todo se enteraba, me contó que había llegado un niño a la caverna.

–Es muy pequeño y rosado –comentó–, le gustan las cosas suaves y tibias.

"Mi tiempo ha llegado", pensé.

Al día siguiente me encaminé hacia la cueva.

La mujer estaba cocinando junto al fuego y el niño lloraba acostado sobre una manta. Entonces le acaricié la mejilla con mi pata acolchada y froté mi cola peluda en sus piernas. Dejó de llorar y sonrió.

–Puedes tirarte junto al fuego –me ofreció la mujer, que ya me había descubierto.

Pero al rato, el bebé comenzó a llorar de nuevo. Pedí a la mujer un resto de lana que había

hilado en su rueca, jugué con las hebras enre-
dándolas entre mis patas, di vueltas carnero, y
empecé a ronronear hasta que el niño se quedó
dormido como un ángel.

–Aquí tienes –me dijo la mujer, y me alcanzó
un tazón con leche tibia deliciosa.

Yo estaba relamiéndome cuando una laucha
cruzó entre sus piernas. La pobre mujer, aterro-
rizada, pegó un grito y se trepó sobre un tronco,
que era su banco.

De un salto cacé la laucha.

Nos quedamos mudos.

–Ya podemos hacer un trato –dijo la mujer, al
rato, sin mirarme, mientras acunaba a su niño–.
Puedes buscar calor junto a mi fuego, beber leche tibia cuando lo desees y refugiarte en mi caverna en los días de tormenta. Siempre que...

–Siempre que recuerdes que soy el gato que
anda por su cuenta.

Y me fui a dar un paseo por el bosque. Era
un día fresco y soleado.

# ESTORNUDO REAL

Todo iba bien en el Arca de Noé. Pero en un lugar donde se junta tanta gente y tantos animales, algún inconveniente tiene que surgir. Tarde o temprano.

Las ratas empezaron a incomodar a los pasajeros. Y la incomodidad que puede llegar a causar un par de ratas no es llevadera. Hubo protestas, lamentos, quejidos, entre los hombres. Miedo y hasta pánico entre las mujeres y los niños.

Noé tuvo que enfrentar la situación. No era fácil.

Dicen las malas lenguas que pasó la mano por la cabeza del león. Sintió el pelaje sedoso, levemente encrespado. ¿Conocería Noé de antemano lo que iba a suceder o quizá sólo buscaba consuelo en el Rey de los Animales? No se sabe.

Lo cierto es que el león estornudó. Tampoco se dice si fue porque había pescado frío o porque sufría al estar en un ambiente cerrado. Al estornudar no solamente salpicó a sus vecinos, sino que lanzó por su nariz una pareja de gatos.

Desde ese preciso momento, las ratas no incomodaron más a los pasajeros del Arca.

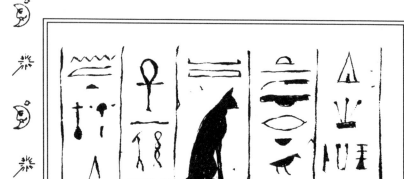

# MAFDET

En un famoso museo, en el centro de una de las salas dedicadas a la antigüedad, una antigüedad bien lejana, figura su estatuilla de bronce. Tal como era. Alerta, con una gracia poco común. Con la dignidad del humano de más alto rango. Un sesgo siniestro en la mirada, una altivez de diosa en la postura. Sentada erecta, con las patas delanteras muy juntas y la larga cola curvada a su alrededor.

Dicen que para llegar a Egipto recorrió un largo camino desde Libia hasta las orillas del Nilo. Y una vez allí ocupó su lugar, que no podía ser otro que el antiguo templo de la Primera Dinastía.

Mafdet, una verdadera diosa felina, protegía de las temibles serpientes la casa del faraón.

Así pasaron años. Muchos años. Mejor decir, varias dinastías. Rodeada de súbditos que le rendían un culto reverente. Sin embargo siempre extraña, alejada, soberbia. Nadie –aun los más altos funcionarios– se hubiera atrevido a apoyar sus manos profanas sobre el lomo de Mafdet.

La diosa felina tenía una fobia proverbial. Y no la escondía. Odiaba el agua. Odiaba mojar sus delicadas garras. Ni siquiera aceptaba humedecerlas. Por eso nunca participó en las partidas de caza de los capitanes de sus faraones, algo a lo que se habían acostumbrado otros gatos, y que los obligaba a rescatar las presas entre los tallos de los papiros que florecían azulados en las riberas pantanosas del delta. Eso no era para Mafdet.

También poseía una atracción sobrenatural hacia el fuego. Muy arraigada, muy oculta. Tan profundo era su amor por el fuego como su odio por el agua.

Transcurría el tiempo de la Tercera Dinastía. El festival de las Diosas del Sol, que ostentaban orgullosas sus cabezas felinas, se realizó esta vez en primavera. Y como el tiempo era cálido, invitaba al alboroto. Dicen que se bebieron tantos licores de pura uva como en todos los años anteriores juntos. Miles de peregrinos se reunieron al son de las flautas. Y cantaron canciones a veces no muy decorosas, y se gastaron bromas ruidosas y grupos de jóvenes jugaban desde los juncos de las orillas con doncellas que se ocultaban tras los arbustos. Fue una fiesta alegre, alocada, ruidosa.

Y en medio de esa algarabía sin fin, algo empezó a arder en las inmediaciones del palacio. Pero ardían tanto los corazones y los cuerpos de los jóvenes, que creyeron que quizá el fuego había nacido dentro de ellos.

Mafdet se acercó con su andar ondulante y quedó detenida, absorta, sin apartar de las llamas sus ojos de lapislázuli. Con la actitud de una leona al acecho.

Hombres y mujeres comenzaron a advertir la presencia de la diosa que avanzaba entre ellos, rozando sus túnicas, siempre con los ojos clavados en la hoguera.

En lugar de pedir ayuda, enmudecieron. Era mayor su reverencia y su estupor que la sensa-

ción de la catástrofe que los amenazaba.

Y fue así como el impulso sobrenatural de Mafdet la llevó en un salto mortal a su destino final. En medio de resplandores rojizos, amarillentos y azulados se elevó por sobre ese fuego infernal, y cuando su cuerpo intacto, pero sin vida, descendió entre las ruinas, se extinguió el incendio y se silenció el crepitar de las maderas y el lamento de los hombres.

Mafdet, la gata del templo, fue cuidadosamente rescatada y momificada con raras especies para preservar sus restos mortales. Una tela de dos colores envolvió con un extraño diseño su cuerpo ondulado. Y una especie de cofia cubrió la soberbia cabeza.

La depositaron en una caja de bronce. Sentada sobre sus patas traseras, las delanteras perfilando ambos lados de sus flancos. La cola, levemente levantada contra el vientre.

# LOS GATOS
# DEL BIOMBO

Era una pequeña aldea japonesa al pie de una montaña. Y al borde de esa aldea, en medio de un bosque de castaños, se levantaba una choza con techo de paja.

Allí vivía Kuni, un labriego, con su esposa Yata y sus cinco hijos. No era fácil para Kuni alimentar a todos. Por eso, con el tiempo, fue enseñando a los varones a cultivar el arroz, mientras las niñas aprendían de su madre a cocinarlo.

Sólo Sengin, el más joven de los muchachos, no amaba el trabajo duro del campo. Era pequeño de estatura, algo débil y muy callado. Pasaba horas recostado contra el tronco de un ciruelo, contemplando los montes con los casquetes nevados, observando a las libélulas y a las mariposas jugar entre las camelias y los junqui-

llos, el curioso andar de los escarabajos, el vuelo de alondras y golondrinas.

De regreso a su casa, cuando el resplandor del sol era tan débil que el paisaje se volvía borroso, Sengin se sentaba a dibujar a la luz de un candil. Sus padres no se lo reprochaban. Ni de sus hermanos nacía queja alguna. Porque lo que dibujaba el muchacho era de tanta belleza, que el placer de contemplarlo conseguía alegrar sus espíritus tras el duro trabajo del día.

Todas las noches, la familia se sentaba a compartir su cuenco de arroz. Era el momento en que cada uno contaba lo que había soñado la noche anterior. Pero Sengin nunca recordaba

sus sueños. Sin embargo, una mañana, en cuanto abrió sus ojos, las imágenes de unos seres extraños volvieron ante él. Eran formas escurridizas, ligeras, sutiles... Aparecían y desaparecían sinuosamente, envueltas en una tenue niebla. Sengin no había visto jamás algo tan hermoso.

Dejó de pintar mariposas y libélulas, pájaros y cigarras. También crisantemos, grillos o gansos salvajes. Empezó a dibujar gatos.

Sengin nunca había visto un gato.

Mientras tanto, el labriego pensaba constantemente en su hijo menor. Lo amaba como a todos y lo admiraba por su habilidad y su inteligencia.

Pero Sengin no podría ganarse el pan con sus dibujos. Decidió hablar con el viejo sacerdote del monasterio.

¿Le enseñaría él todo lo que un monje debe saber?

El anciano habló largamente con el muchacho y le hizo toda clase de preguntas, algunas muy difíciles y engañosas. Tan inteligentes fueron las respuestas, que no dudó en aceptarlo en el monasterio y educarlo para la vida religiosa.

Sengin pasó un día entero en el bosque y dormitó a la sombra de los castaños para despedirse de sus amigos. Abrazó con pesar a sus padres y a sus hermanos y abandonó su niñez por el escarpado camino que conducía al monasterio. Sólo llevaba un atado de ropa y sus preciosos pinceles.

El muchacho aprendió rápidamente las enseñanzas del viejo monje. Y era dócil y obediente. Pero una cosa no podía dejar de hacer. Dibujar gatos.

Sus pinceles se deslizaban ondulantes como los felinos que dibujaba. Lo hacía en el margen de los libros sagrados, en las puertas y ventanas del templo. Sobre las paredes y sobre las columnas. Sengin sabía muy bien que no debía hacerlo y el viejo monje se lo repetía una y otra vez. Pero no podía evitarlo.

Tenía el genio de un artista y un artista no

nace para acólito. La mirada del acólito sólo debe posarse sobre los libros sagrados.

–Hijo –le dijo un día con todo amor el viejo monje–, nunca serás un buen sacerdote. Pero quizá puedas llegar a convertirte en un gran pintor. Debes abandonar el monasterio.

Sengin bajó la cabeza.

–Escucha lo que voy a decirte antes de partir –murmuró el anciano posando su mano sobre la cabeza agachada del muchacho–. Trata siempre de buscar refugio en los lugares pequeños. Siempre en los pequeños.

Sengin abandonó el monasterio con el atado de ropa, los pinceles y las palabras de su maestro. Sintió algo de vergüenza por su ignorancia

pues no alcanzaba a comprender esas palabras que parecían tan sencillas.

"Deben estar llenas de sabiduría", reflexionó. De eso estaba seguro.

Empezó a andar sin rumbo. Tenía temor de regresar a su casa. Su padre le reprocharía con razón su falta de obediencia.

Mientras saboreaba un bocado que el anciano le había dado para el viaje, recordó que en el pueblo vecino, a sólo unas horas de camino, había otro enorme templo donde vivían muchos monjes. Trataría de buscar refugio entre ellos. Y hacia allí se encaminó.

Lo que Sengin ignoraba era que el monasterio estaba cerrado. Y que los monjes lo habían abandonado. Un duende maléfico se había apoderado del templo y los más audaces samurai del lugar habían encontrado la muerte entre sus paredes al pretender destruirlo.

Pero el muchacho no conocía esa historia.

Llegó a la aldea. Ya era noche cerrada, no se veía un solo campesino en las calles. Pero al final del camino, sobre una colina, Sengin descubrió con alegría la silueta del templo y una tenue luz en una de sus ventanas. En su espíritu también se encendió una luz.

"Es una señal", pensó, y apuró el paso.

Golpeó varias veces sobre la enorme puerta labrada. No hubo respuesta. Entonces empujó suavemente y la puerta cedió. Ni rastros de

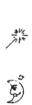

monjes, sólo una lámpara ardía en medio del salón.

"Es hora de descanso", se dijo el muchacho. Se sentó en un rincón a esperar que amaneciera.

Todo en el monasterio era gris. Todo estaba cubierto de polvo y telas de araña.

"Se alegrarán de recibirme", reflexionó Sengin, "un aprendiz les ayudará a mantener el monasterio limpio".

De pronto descubrió unos grandes biombos blancos. Sin pensarlo, buscó los pinceles en su atado, molió tinta y empezó a pintar gatos. Gatos soñolientos hechos un ovillo sobre cojines. Gatos al acecho. Gatos deslizándose. Unos contemplando la grandiosidad del templo. Otros admirando el paisaje a través de las ventanas. Con el lomo curvado. Con el pelo encrespado. Gatos, muchos gatos.

Tanto trabajó que se sintió agotado. Llegaba la noche. Y estaba a punto de llegar el sueño cuando recordó las palabras del viejo monje: "Trata siempre de buscar refugio en los lugares pequeños. Siempre en los pequeños".

Estaba solo, en un lugar muy grande y en sombras. Recorrió el gran salón con su mirada y descubrió muchas puertas. Eligió una al azar, golpeó suavemente. No hubo respuesta. Entonces entró. Era una celda muy pequeña y estaba vacía. Se acurrucó en un rincón, apoyó la cabeza sobre su atado y se quedó profundamente dormido.

En medio de la noche Sengin se sobresaltó. Terribles gruñidos invadieron su refugio. Parecían golpear contra los muros y retumbar en sus oídos. El miedo se apoderó del muchacho y no se atrevió siquiera a mirar a través de las hendijas de la puerta. Cada segundo que pasaba se apretaba más y más contra la pared. Cerró sus ojos, pensó que era una forma de no ser descubierto. Los quejidos aumentaban. Salían de cada uno de los rincones. Un rato después, completo silencio. Pero Sengin no se movió. Sólo cuando un rayo de sol se coló por debajo de la puerta de la celda, se arriesgó y la abrió lentamente.

Una enorme forma yacía en medio del salón del monasterio. Su túnica hecha jirones, sus sandalias destrozadas. El rostro, casi escondido entre sus manos grotescas, desfigurado por rasguños sangrientos.

"Estoy solo", pensó. Creyó que aparecerían monjes, campesinos, soldados. Pero nadie apareció.

Recortadas sobre el fino papel blanco del biombo, descubrió entonces, casi adivinándolas, las siluetas huecas de los que habían sido sus gatos. Y por fin comprendió Sengin las sabias palabras de su maestro: "Trata siempre de buscar refugio en los lugares pequeños. Siempre en los pequeños".

La paz regresó al monasterio. Y tras ella, los monjes. Aceptaron al muchacho como uno más entre ellos. Durante la noche, Sengin descansaba en su celda. Pasaba los días en medio del bosque, junto al estanque o al pie de las montañas. Tenía el genio de un artista y un artista no nace para acólito. La mirada del acólito sólo debe posarse sobre los libros sagrados. Siguió dibujando libélulas, alondras y cigarras. También crisantemos, grillos y gansos salvajes. Camelias y junquillos.

Nunca más dibujó gatos.

# EL FAVORITO
# DE MAHOMA

Dicen que Mahoma tenía una especial predilección por los felinos.

Un día en que fue requerido para asistir a una reunión urgente, prefirió cortar la manga de su túnica antes que despertar a su gato que dormía muy plácido, precisamente sobre ella.

Ninguna otra cosa fue necesaria para crear la popularidad de estos animales. Aunque algunos otros detalles, como su extremada limpieza, el lustre de su piel, su disposición amistosa o los tiernos maullidos que prodigaban no hubieran sido suficientes para hacerlo, bastaba con que fueran los elegidos del Profeta.

Los aceptaron dentro de las mezquitas y se les brindaron caricias en homenaje a su protector.

Si el gato fue el animal favorito de Mahoma, ¿cómo no ser el favorito de los musulmanes?

# LA CATEDRAL

Su bisabuela le había contado que en la ciudad se hizo una gran feria cuando se puso la primera piedra de la catedral. Pero Ana no veía nunca el final de la obra, porque para levantar una iglesia tan grande se tardaba un largo tiempo. A veces más de cien años. A veces siglos.

Por eso Ana nunca la vio terminada. Pero no fue sólo por eso. Fue por otra cosa. Algo que sucedió una tarde justo a la hora en que el sol se escondía detrás del bosque, más allá del río.

Era vieja y vivía sola. En el extremo del camino que pasaba por la Posada del Roble.

La piel curtida, los dedos nudosos, casi retorcidos, por el frío de tantos inviernos y por el viento que soplaba muy fuerte en las orillas del río. Se levantaba con el sol y ordeñaba su vaca. Buscaba granos y alimentaba a sus tres gallinas. Acarreaba leña y encendía el hogar. Cargaba su cántaro y traía agua del pozo. Entonces preparaba su plato de avena con leche y se sentaba a desayunar.

Aunque le hubiera gustado quedarse en su cocina llena de cacharros, entibiada por el fuego y perfumada por los manojos de hierbas colgadas del techo, Ana buscaba su gran canasto de mimbre y recorría algunas de las casas más importantes de la ciudad hasta que en el canasto no cabía una sola prenda más. Y bajaba al río para la colada.

Por las tardes, terminada su tarea, se echaba una mantilla de lana sobre los hombros y emprendía el camino hacia la catedral, a través de calles estrechas y tortuosas.

Algunos días eran de mercado y entonces la plaza parecía una fiesta. Porque la gente del pueblo desbordaba vitalidad. Era barullera, entusiasta. Las mujeres regateaban a los gritos y a las risotadas. Se sumaban algunos forasteros que venían a comprar las frutas secas de la región o se detenían ante los puestos de artesanías de los orfebres. Más allá, arrieros ensillando sus caballos o sus mulas, sorteando el estiércol. Pordioseros harapientos, esperando una limosna. A veces, por el camino principal, un grupo de juglares que quién sabe a qué castillo se dirigían. Y uno que otro par de muchachas nobles, curiosas y atrevidas, con las caras arrebatadas y los velos al viento. Arrastraban sus polleras en el barro, esquivando charcos malolientes y perros sarnosos. Sin embargo, la ciudad era una fiesta.

La vista de Ana estaba fija en la catedral. Ya sobresalía por encima de las casas. Se maravillaba al ver a los obreros sujetos a los andamios por tientos de cuero que parecían envolverla, y se acercaba a los picapedreros y a los artistas que trabajaban en las columnas, en los pórticos o en las ventanas. Y es que la catedral era un poco suya. Como todos los del pueblo, año tras año, ella también había ofrendado algo al señor obispo para contribuir a su construcción.

Ana no acababa de llenarse de asombro. La catedral empezaba a hablar la lengua de las piedras. Las naves tan amplias, esa forma del templo que era una enorme cruz tendida en el suelo. Más que nada las torres, un poco más altas cada día, para Ana eran escaleras al cielo. Y aunque faltaba aún mucho tiempo para que la cúpula estuviera terminada, en su cabeza la contemplaba enorme, luminosa. Sólo apartó los ojos el día en que descubrió las grotescas cabezas de las gárgolas. Imaginó esas sierpes fabulosas, esos perros diabólicos echando por sus bocas de piedra el agua sucia de las lluvias recogidas en los techos, y se alejó por miedo a que la salpicara.

Una tarde, Ana se apuró para llegar cuanto antes. Había oído decir que los maestros vidrieros empezarían ese día su tarea. Cortar los vidrios a cuchillo, soplarlos, unirlos con tiras de plomo para armar vitrales y rosetones para las ventanas. Eso parecía un milagro para ella.

No se movió hasta que el último maestro abandonó el lugar y fue en ese momento cuando la vio. Escondida junto a un andamio. Temblando de frío, con el pelo ralo. Se le podían contar las costillas, tanta era su flacura.

Ni lo pensó. La tomó entre sus brazos como si la hubiera estado esperando, la arropó con su chal y cruzó la ciudad tan rápido como pudo.

Fue como otro milagro para Ana. Ya no estaría sola por las noches. Tendría alguien en quien pensar y alguien que pensaría en ella.

En unas pocas semanas, Belinda, así la bautizó, se transformó en una hermosísima gata. Una cola peluda y abundante y los ojos más verdes y sagaces que Ana había visto en su vida.

"Es completamente negra", pensó Ana.

Mientras trabajaba, Belinda pasaba horas echada junto al hogar. De repente se escondía, maullaba con un sonido extraño, la actitud siempre socarrona. De repente aparecía. Para Ana era un juego que la llenaba de gozo.

Por las tardes la acompañaba en sus visitas a la catedral. A la noche se acomodaba sobre sus

rodillas y las dos hablaban sin que se oyeran palabras.

Sin embargo, no todo era felicidad para la vieja aldeana. Nunca faltaban las frases hirientes:

"Gata negra con vieja desdentada, cosa del demonio"...

"Echarla al río, eso es lo que deberías hacer"...

"O un yuyo venenoso en la leche tibia"...

"Traerá desgracia, bruja maldita".

Pero cuanto más se soltaban las malas lenguas, más acurrucaba Ana al animal. No le importaban las profecías de la gente perversa. Sólo apuraba el paso para cobijarse en su casa.

Desde entonces trató por todos los medios de que Belinda no la acompañara en sus visitas. Ni quería pensar en que pudiera pasarle algo. Pero fue inútil. No bien Ana buscaba su chal, la gata

se trepaba a sus brazos y se prendía con toda la fuerza de sus garras a su ropa.

Esa tarde los maestros vidrieros estaban colocando el más grande de los rosetones. Ana se acercó. Y no pudo evitarlo. Belinda saltó a la escalera y alcanzó el andamio. Todo sucedió en un instante. Las palabrotas de los hombres, el salto de la gata, el vitral hecho trizas. El piso de la nave central tapizado de vidrios. Presa del pánico, Ana sólo atinó a escapar antes de ser descubierta. Dando un rodeo por el bosque, alcanzó su casa sin aliento y dejó la puerta entreabierta.

Lavó sus pies lastimados. Se tiró en su jergón de paja y, entonces sí, se largó a llorar.

Era casi de madrugada cuando Belinda regresó.

"Es completamente negra", volvió a pensar Ana. No pudo pronunciar las palabras, su garganta estaba cerrada por la angustia.

41

A partir de esa noche, el estallido de los cristales la despertaba, a menudo, en mitad del sueño. Y las frases malévolas de los hombres y las mujeres del pueblo resonaban una y otra vez en su pobre cabeza perturbada.

Ana no bajaba más al río. Atrancaba la puerta de la casa hasta que llegaba la tarde. Con el chal sobre los hombros, bordeando el bosque, se encaminaba con Belinda hacia el pueblo. La atracción de la catedral era mucho más fuerte que la inquietud en que se revolvía su cuerpo.

Habían pasado siete años desde el día del encuentro. Siete no era un número cualquiera. Siete estrellas, siete espíritus de Dios, siete trompetas... También siete plagas, siete truenos, siete cabezas. José, siete vacas gordas y siete flacas. Siete pecados capitales...

La mirada de la gata se había vuelto desafiante. Por las noches, abandonaba la casa y caminaba por el borde mismo de las tejas. El lomo curvo, el pelo encrespado. Y un maullido que parecía un lamento. El animal se deslizaba como una sombra. Pero siempre regresaba.

Sólo cuando veía a Ana tomar su mantilla, Belinda parecía ser la de antes. Saltaba y se acomodaba entre los brazos de su ama. Ana creía entonces que la había recuperado. Sus pies volaban, siempre por distintos caminos, hasta que las dos se ocultaban en algún escondite seguro.

La catedral crecía día a día. Las torres con sus agujas, las ventanas con sus vitrales coloridos, las enormes puertas de madera tallada. Ana contemplaba todo eso desde lejos, a través de sus ojos nublados por la tristeza. Siempre se quedaba hasta que el último artesano abandonaba el lugar.

De regreso, se sentaba en su sillón de mimbre junto al fuego. Belinda se alejaba de su lado. Y si Ana trataba de sentarla sobre sus rodillas, la gata se desprendía y hundía las uñas afiladas en sus brazos.

Ana ya no cantaba. Preparaba todas las mañanas su plato de avena. Necesitaba tener fuerzas para andar su camino. Y pensaba. No entendía qué la atormentaba.

El frío era tan intenso ese día que se atrevió a cruzar por el pueblo. La nieve, ya aguachenta,

se mezclaba con el barro. La calle estaba sucia, resbaladiza, desierta.

Pero en la catedral el trabajo continuaba. Los maestros vidrieros habían terminado su tarea. Ahora era el turno de los carpinteros. Construían bancos, púlpitos, reclinatorios.

Ana observaba desde el interior de un confesionario. De golpe sintió que Belinda se escurría de entre sus brazos y en un instante la perdió entre hombres, maderas y herramientas. Se desesperó. La buscó con sus ojos, con sus manos, con su olfato. Recorrió la nave central y las naves laterales de un extremo al otro. Se metió en los rincones, abrió y cerró puertas. Bajó hasta la cripta profunda y húmeda. No le importó que alguien pudiera descubrirla.

De repente se dio cuenta de que estaba sola. Sin embargo, aguardó a que se hiciera de noche con la esperanza de encontrarla. Vencida por el cansancio, regresó por el camino solitario y oscuro.

Dejó la ventana entreabierta y se desplomó

en el sillón junto al fuego casi apagado.

"Es completamente negra", volvió a pensar. Y enseguida se quedó dormida.

Esta vez la gata no volvió.

La despertaron unos ruidos muy extraños. Se asomó a la puerta. Primero vio un tenue resplandor rojizo, azul, amarillento. Muy lejano. Empezó a caminar.

Entonces fueron llamaradas que se elevaban hacia el cielo. Más adelante, explosiones de vidrios, crepitar de maderas ardiendo. Siguió andando, lentamente. Empezó el griterío.

Una multitud de hombres y mujeres estaba reunida frente a la catedral.

"La catedral"... murmuró Ana.

Había ojos que la miraban. Y hasta hubo cuerpos que la empujaron.

En un momento, sin saber por qué, estaba escapando.

Entró corriendo en la casa, se envolvió en su chal, se calzó las botas de nieve, hizo un atado con algunas ropas, un pan, unas frutas. Salió y atrancó la puerta.

Tomó el camino del río. Al llegar al recodo, lo cruzó saltando entre las piedras y, escondida entre arbustos y matorrales, avanzó entre las sombras. La urgencia parecía agilizar sus piernas.

Sólo una vez se detuvo y miró hacia atrás. La perseguían con antorchas encendidas. Aún estaban lejos. Oyó ladridos y gritos que imaginó como maldiciones. No entendía las palabras pero sabía muy bien lo que decían.

Se internó en el bosque. Sus botas se hundían en la nieve. El vocerío, cada vez más cercano. Era inútil seguir huyendo, su cuerpo estaba destrozado. Buscó refugio en una hondonada al pie de un tronco.

Desde allí contempló la luna llena y vio una mancha negra recortada sobre ella, y también adivinó un par de ojos. La imagen quedó velada por la nieve que había empezado a caer levemente. Hasta que un nubarrón plomizo lo ocultó todo.

Ana cerró los ojos. Los copos comenzaron a cubrirla, le daban abrigo. Ya no tuvo miedo cuando sintió que se fundía con la nieve.

Nunca pudieron encontrarla.

# LA GATA
# DE SU SANTIDAD

Había un testigo silencioso de las idas y venidas de príncipes, embajadores y funcionarios por los corredores del palacio del Vaticano.

Una gata estilizada, socarrona, zalamera. Con ojos siempre entornados y una cola especialmente sinuosa.

Era una favorita de Su Santidad.

Muchos entre los visitantes le temían. Los supersticiosos. Y los que se enteraban de que era una gata escorpiana, palabra que nadie se atrevía a pronunciar sino entre dientes en el Vaticano; pensaban que estaba poseída por poderes diabólicos.

Pero la gata era ignorante de semejantes simplezas. Amaba los rincones en sombra, se paseaba por los solitarios salones del palacio y se deslizaba sigilosamente entre los roces de las ricas sedas de las vestiduras y el púrpura de los cortinados de terciopelo.

Tenía un refugio favorito: la manga de la sotana del Santo Padre. Y desde allí presenciaba ceremonias, conferencias, negociaciones...

Fue precisamente por gozar de ese privilegio que en una oportunidad causó un conflicto que ni el Pontífice, con todo su poder, logró solucionar.

El mismísimo Papa debía oficiar una ceremonia matrimonial entre contrayentes de países enemigos. Un enorme rubí, el más valioso conocido hasta entonces, sería el símbolo que sellaría la paz entre los dos estados.

La joya fue presentada ante el Santo Padre. La gata se deslumbró ante la piedra preciosa. Nunca había contemplado una hermosura semejante. Nunca habían visto sus ojos un rojo tan intenso. Y el brillo, y la delicadeza del diseño... Decidió hacerla suya.

En medio de la noche, se encaminó hacia la cámara donde se había guardado la piedra. Empezó a jugar con la pequeña cerradura del cofre hasta que su paciencia y su habilidad fueron recompensadas.

La cerradura cedió. Levantó con sus diestras patitas la tapa, contempló extasiada la gema que descansaba sobre un almohadón de terciopelo blanco, y sin un momento de duda la llevó a su escondite secreto. Nadie en palacio conocía el lugar.

Cuando al día siguiente se descubrió el robo, una verdadera revolución estalló en el Vaticano. Búsquedas inútiles, interrogatorios estériles. Los miembros de la frustrada alianza partieron de inmediato y se reanudó la lucha entre los dos países enemigos.

El misterio de la joya robada siguió siendo un misterio.

La gata nunca reveló el escondite y aparentemente ignoró las consecuencias de su ingenuo capricho. Se dice que algunos abrigaron sospechas. El intenso brillo de los ojos del animal parecía haber atrapado el fulgor de la piedra. Pero a nadie se le ocurrió presentar una acusación.

La gata vivió hasta una edad muy avanzada y presenció la caída de muchos de sus enemigos. Y también se dice, hasta hoy, que el rubí permanece en su escondite, y que ningún ojo humano pudo contemplarlo desde entonces.

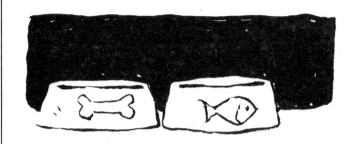

# LO QUE UN GATO PIENSA DE UN PERRO

No sé si me gusta o no me gusta.

He vivido durante años con él bajo el mismo techo. Aunque compartir casa y rutina han creado una cierta relación de afecto, infinidad de cosas logran irritarme.

Me sobresalto con sus ladridos desconsiderados. Imagino que es una voz de alerta, cuando la mayoría de las veces es sólo un llamado de atención ante el paso de un inofensivo vendedor ambulante o una exhibición de machismo ante una perra que trata de seducirlo desde su correa, a través de la ventana.

Sus movimientos carecen de armonía y musicalidad. Cuando agita la cola lo hace como si golpeara, cuando para las orejas, con la brusquedad de un saludo militar. No se desliza. Tro-

ta, marcha o corre. No sabe del disimulo, todo lo hace de frente.

En lugar de dormitar, duerme. En lugar de acurrucarse, se echa cuan largo es. Ignora el goce de la soledad, busca la compañía. El bullicio, el alboroto. Sin apreciar la independencia, aceptando la servidumbre.

¿Cómo es posible que le dé igual un plato de polenta o un guiso de carne que una pasta de exquisita anchoa, paté, sardinas? ¿O salmón?...

Sin embargo, aprecio sus virtudes aunque me

superen sus vicios. Sabe compartir, es generoso. Admira mi superioridad. Se siente mi protector. Respeta la fidelidad. Tolera mis manías y hasta ignora algún desprecio de mi parte. No sé si porque no lo percibe o simplemente porque lo disculpa.

Cuando se ausenta con el amo durante varios días en una excursión de caza, siento una inquietud que no logro explicarme. Me he resignado a compartir la casa con él. Otro gato sería un posible rival. Y no tolero la rivalidad.

# ÍNDICE

## DE LA AUTORA

Para decirles la verdad, los gatos no eran mis favoritos.

Pero cuando me trajeron a Califa, una gata siamesa color té con leche con unos ojos azules profundos y llenos de temor, arropada dentro de una canasta de mimbre, sentí que nacía algo entre nosotras.

Desde entonces fue una amiga incondicional. Comprendía cuando la necesitaba a mi lado y me hacía saber, a su manera, si era ella quien necesitaba mi compañía. Respetaba mi intimidad como deseaba que se respetara la suya.

De repente me puse a leer historias y más historias de gatos. Unos, famosos. Otros, de países lejanos o de antiguas épocas. Cuando se lee mucho, primero uno empieza a imaginar, y después se pone a inventar, y al final a escribir, mezclando un poco todo lo que leyó, sin recordar cuándo ni dónde.

Algunas veces aparece Califa, casi sin darme cuenta, dentro de mis historias. Debe ser para que ustedes, mis lectores, también sin darse cuenta, la vuelvan perdurable.

*Olga*

## DEL ILUSTRADOR

Siempre tuve una atracción por los gatos y su andar sigiloso por la vida.

Los conocí de todos los tamaños y humores. Pequeños, que aun no abrieron los ojos y no se despegan de sus madres, enormes, como el gato de mi amigo Alejo, que tiene el tamaño de una sandía. Otros agresivos como Tango, un siamés al que había que encerrar cuando iban visitas, y se lo podía escuchar gruñir y arrojarse contra la puerta. Algunos dóciles como Moroco, que se convertía en una plastilina moldeable en mi regazo y lograba que fuera imposible no mimarlo durante horas. También conocí a Aroldo, un gato clavadista que disfrutaba de arrojarse desde un piso 4º una y otra vez sin dañarse.

La idea de ilustrar un libro de gatos, me gustó desde un primer momento, y no me sorprendí hace unos días, cuando descubrí que en el horóscopo chino soy Gato. Dibujar su cautela, sus silencios, fue todo un desafío. Espero haber podido transmitir algo de ese paso sutil de los gatos por el mundo, que tanto me maravilla.

## CÓDIGO DE COLOR - (Edad sugerida)

Serie **Azul** (A): Pequeños lectores
Serie **Naranja** (N): A partir de 7 años
Serie **Magenta** (M): A partir de 9 años
Serie **Verde** (V): A partir de 11 años
Serie **Negra** (NE): Jóvenes lectores

## CÓDIGO VISUAL DE GÉNERO

Sentimientos

Naturaleza

Humor

Aventuras

Ciencia-ficción

Cuentos de América

Cuentos del mundo

Cuentos fantásticos

# OTROS TÍTULOS DE ESTA COLECCIÓN

Esta edición de 5.000 ejemplares
se terminó de imprimir en
Kalifón S.A.,
Humboldt 66, Ramos Mejía, Bs. As.,
en el mes de marzo de 2001.